JN122871

詩集

木机

谷口順子

鉱脈社

目次

I

Ⅱ

詩集 木机

I

春野道

わたしは歩きながら思うのです
あなたの
ほんの一刻の間でも
こころかよわすことが　できたなら
この新緑の光る目映い道を
わたしは歩きながら思うのです

あなたの
あのときの
眩しいほどピュアな笑顔に
ふたたび会いたいと

しんと静まりかえった櫟（くぬぎ）林の中を
わたしは歩きながら思うのです
あなたの心の中には
人知れず越えてきた
苦悶の歴史が降り積もり
ひだとなって刻まれ
それだから

どうしても
どうにもできぬほどの
曇りのない
翠（みどり）の石が鎮座しているのであろうと
得も言えぬ
あの数秒の笑顔はその片鱗であろうと

山桜の散ったうすもも色の花びらの上を
わたしは歩きながら思うのです
せめて
もう一度だけ
えにしの糸が結びつけてはくれないかと

線香花火のように
一瞬だけでも輝きたいと——

広い野っ原の一本の木

ひとつの春を
春の風が駈けていった
ひとつの夏を
夏の風が駈けていった

ひとつの秋を

秋の風が駈けていった
ひとつの冬を
冬の嵐が駈けていった

広い野っ原の
一本の木の中を
時代という
春夏秋冬が吹き過ぎていった

ひとつひとつ
取るに足らない思い出を

樹皮の内に抱き
静かに　想う

まんまるい月と
語り明かした夜
ジュウシマツの家族が
にぎやかに物語ってくれた朝
青空を
自由にひっ飛ぶ
真っ白な雲たちに憧れた日

広い野っ原に

ぽつんと立つ一本の木は
変わりもせず
瞬間（とき）という風に揺れている

ひょうたん島

わたしが心をいやせる
ひょうたん島になれるなら
わたしは喜んで
なりましょう
あなたの心が和めるなら
メルヘンの窓を
大きく開けておきましょう

あなたが
どこか知らない国を
彷徨(さまよ)い続けていようとも
私は変わらず
あなたを愛しています

ひょうたん島に姿を変えて――

ビビビ

一瞬で
伝わらない
ふるえない
ビビビと
感動しない
つながらない
なんとか伝えたい

あの手この手で
説明くりかえす

なぜ
こう言ったのか
これは
こういう意味なんだ
この意味は
こういうわけなんだ
なに？
まだ　わからない
ええと

どう言えば
ええと
どうすれば

伝わらない
ふるえない
ビビっとこない?

もう　どうでもよくなる
説明しすぎて
何に　感動してたのか
なんで

心がふるえたのか
どっかへ行ってしまった
こんがらがってきた

一瞬
いっしょに
ビビビと
心と心　ふるえたかったんだ
君と
いっしょに
ビビッと
幸せに　なりたかったんだ

あの
夕焼け空の下
たったそれだけのこと

みどり色の騎士（ナイト）

小さな庭の
雑草にまじり
毎年生えてくる
変わった植物がある

五月の空に鯉のぼりが泳ぐころ
この植物も

花ひらく

うすみどり色の細いからだで
つばのある
おしゃれな帽子をかぶり
みどり色の剣を
空に伸ばしている

まるで騎士(ナイト)のよう

きみの名まえは？
と　きいてみた

その植物は笑う

名まえって　何？
そんなものより　ぼくは
今が大切なんだ
そういって
うすみどり色の細いからだを
せいいっぱい伸ばして
薫風にゆれた

白い人

脳天に　むんずむんず　と
異様な感触がする

待ちかねたぞ　と
真っ白な
長い顎髭を蓄えた老人が
太い節のある杖で

黒い毛の根っこを掻き回し始めた

すると
ふしぎやふしぎ――
黒い毛の根元はしだいに白くなり
やがて
一本の立派な白い毛になった
老人は
にんまり　うなずいて
次の黒い毛の根っこを
節くれだった長い杖で掻き回す
また　一本

白い毛ができあがる
フッフッフッ
ホッホッホッ
白い人が　自慢げに笑う

悲しみの日の子守歌

ねむれ　ねむれ
すべて忘れて
ねむれ

昨日(きのう)の苦しみ
今日の悩み
すべて忘れて

ねむれ

ねむれ　ねむれ
すべて秘めて
ねむれ

滾(たぎ)る思い
叶(かな)わぬ夢
すべて秘めて
ねむれ

ねむれ　ねむれ

すべて許して
ねむれ

届かぬ愛
誤解だらけの現世(うつしょ)
すべて許して
ねむれ

明日は萌えよう
ひとつ抱きしめ
希望に代えて

氷山

沈め
沈め
沈めたいときは
とことん
沈め
だれの目にも触れないように
深く

海の底までも

海の底に沈んだら
またもどってくればいい
ぽっかり
顔を出して
お月様に
ほほえめばいい

すこし

人は　すこし
悲しいほうがいい

心の奥に
涙をもっているほうが
深い心で
誰かを　思いやることができるから

人は　すこし
寂しいほうがいい

心の奥に
悲しみを秘めているほうが
温かい出会いに　めぐり逢えるから

いつまでも

いつまでも
と言ったそばから
何かが
崩れ始める

永遠につづくものなど
ありはしないと

悟ったかのような
正しい感覚が笑う
ぴしぴしと超える感情が
のろしを上げる

いつまでも
会いたい
いつまでも変わらぬ心で

あの日
たしかに
そう思った

空（うつろ）

たおやかな柳になったような
それとも
降り積もった雪が
寒のゆるみで
地面に落ちた瞬間
たわみが取れた
竹のような

気持ちになっている

寂しさと悲しみ
が去った後の
どうにもならない　と
開き直ったときに
こみ上げてきた
空っぽのこころ

生きる

ほんとうの自分は
どこにいるのだろう
ほんとうの私の心は
何を考えているのだろう

くるくる変わる

毎日起きる出来事に
うまく順応しようと
いっしょうけんめい
きょうを生きる

それでも切なくなるのは
なぜだろう

どこからかやってきた
私
私はまだ
私を追いかけている

いつの日か
つかまえることが
できるのだろうか?

瞬時のオーロラ

日日　生まれる思いを
たしかめることもせず
うねりながら
流れゆく風を
漠然と
横目で見送っている
生活の臭いに埋没し

このまま
眺めているだけでいいのか

と

どこかへ紛れた
遠い記憶のかけらが
ちくりと
うすい針を立てる

視界の端に
ふわりと現れた
金色をした言葉のオーロラが

瞬時に逃げていく

つかむのだ
オーロラのしっぽだけでも
しっかりと

待ちわびていた
懐かしい声がした

小さききみへ

幸いであれ
幸いであれ
幸いであれ

健やかであれ
健やかであれ
健やかであれ

きみの上に
しあわせの花びらよ
降り積もれ

こぶし

あのとき
あの人はここにいた

あのとき
あの人とここで
笑った
そして

あの人とここで
声をころして泣いた

春になると
野生のこぶしの花が
ひらひらと
蝶のように
裸の木を飾った

そのかたわらの家で
あの人と暮らしていた

あの人が去って　三年
ことしもまた
こぶしの花がひらきはじめる

ラストターン

動き出せ

眠っていた
魂(たましい)を　たたき起こし
衰(おとろ)えてゆく
身体(からだ)を　よじらせて
まだ見ぬ　世界の

扉をあけるのだ
動き出せ

石と化しそうな　この頭を
今こそ　解き放ち
心のままに
夢を見よう

陽のあるうちに

Ⅱ

木机

この木机の上では
いつも解放感で
満ちていなければならない

この木机の上では
どんなに　落胆したときでも
真っ直ぐな心で

向き合わなければならない

この木机の上では
希望に向かう
未来を描いて
心を奮い立たせなければならない

汗と泥の沁み込んだ
三番醤油で煮つめたような色の
作業服になった肌着には
肩から背中へ
いくつも穴が空いていた

まるでボロ布のようなシャツ
そんな衣服も捨てず
大切に身にまとった

戦地から
ようやく　辿り着いた故郷（ふるさと）で
三つ鍬（ぐわ）の先に
全身の力と魂を
一振り
一振り
大地に突き刺す
松の大木の切り株を

掘り起こし
畑にした

「父ちゃん、机が欲しい」
高校に行きたいからと
己が望みだけを口にした

それから三月（みつき）たち
十月（とつき）たち
忘れかけていた　ある日
学校からもどると

部屋じゅうに　木の香りと
塗りたてのニスの匂い
部屋の端に
この木机が置かれていた
日に焼けた　父の
満面の笑顔

この木机の上では
どんなときでも
解放感で
満ちていなければならない

二月のカレンダー

白と水色
雪と氷の世界
病室の
白い壁に掛かった　カレンダー

戦で
遠く満州の地に送られ

吐く息が凍る厳寒の地を
戦友と幾里も走った
と　話していた父
二月のある日
その父の足は動かなくなった

戦後も
田畑を駈けずり回り
親兄弟姉妹を支え
家族の大黒柱となってきた
その足

足を失うことになると知った日
弱音など耳にしたことのなかった
父の一言

歩きたい
もう一度だけ
この足で

病室の窓を開けると
霧島の山が
うすく　雪化粧していた

二月のカレンダーを見ていると
あの日の
喉の奥から絞り出すような
父の声が
耳によみがえる

一枚　繰れば
じきに
木の芽が萌える
弥生の月

野の花に

胸いっぱいに
溜めこんだ息を吐く

澱んだ思いが
希釈され
かげろうになる

急な坂道が
なだらかな
上りに姿を変える

土手に
目をやれば
うすむらさきの
りんご草
ゆらりと舞う
白い蝶

この道の

もうすこし先まで
歩いてみようか

白いタンポポ

あのころ
土手で揺れていたのは
白いタンポポ

春が来ると
土手の
ノビルを摘んだ

二人の弟の
子守りをしながら
ノビルの束を
いくつも拵え
母へのおみやげ
ノビルは
晩のみそ汁の具になった

すっくと首を伸ばしていた
白いタンポポ
風に揺れながら
微笑んでいた

ささやかなひととき

初夏の昼さがり
できたての
お茶を飲む
まだ青い香りと
まろやかさが
舌の上をころがる

コロナ禍に巻き込まれてしまった世界
県外に出た　子ども達とも
幼い孫達とも
会えないまま
とうに　一年以上が過ぎた

庭先に
亡き父母が植えたという
お茶の木が残っている
母がしていたことを
思い出し　思い出し
釜煎りのお茶を作りはじめた

手摘みした茶葉を
煎る
――パチパチ爆(は)ぜるくらい火を焚く
母の声がした
揉む
――汁が出るくらいていねいにしっかいと
二回繰り返し
竹で編んだ筒型のホイロの上に
三角錐のつばのある帽子のような
変わった形のざるを乗せる
それに茶葉を広げ

上下を混ぜながら
一晩
そしてまた煎る
――茎がポキッと折るっずいよ
母が釜の横に腰かけ
煎っていた椅子
その椅子に
いま腰かけている
母は何を思いながら
三つ叉の煎り棒を握っていたのだろう――

あのころの私は

自分の家庭を作り支えていくことに
一心だった
後ろめたさを感じながら
その思いに蓋（ふた）をした
そして一日一日と過ぎていった
母の心の中が今さら
少しだけ分かる気がする

愛と感謝と、詫び心を
煎り混ぜながら
今年の新茶ができた

母がしてくれたように
私も
子らに新茶を贈ろう

八月の終わりの真夜中

虫が鳴いている

ガチャガチャガチャ
と、くつわ虫
リーンリーンリーン
ひとしきり合唱する
鈴虫

スイッチョ、スイッチョ
馬追いだ
日中
ニイニイ蟬が
声をかぎりに歌っていた

八月の終わりの真夜中
烈しかった夏が　逝く

その瞬間に
立ち合っているようで
ひとり

神妙に
虫の音を聞いている

つくつくほうしの謳（うた）

夏が終わりに近づくと
つくつくほうしが謳い始める

ツクツクホウシ
ツクツクホウシ
名の由来のその声が
子供の耳に

ジュクリィッショ
ジュクリィッショ
にきこえた
それは
柿の実が熟れる
という知らせだったから

柿の木は　盆ごねという
黒い護摩のはいった
甘い柿だった
大人が二抱えするくらいの
太い幹が

中二階の馬屋の屋根よりも高く
空を見上げるように枝を広げていた

気持ちが澱んできた日には
その古老の木にのぼり
柿の実をもいだ
木の上で
柿の実をかじりながら
見上げる空は
青く澄んでいた

馬屋には若い黒馬がいた

なでると
なつこい蒼い目で
まっすぐに私を見た
ときには
父を背に乗せて走った
黒馬はおだやかな性格で
藁切り包丁で切り立てた
山盛りの麦藁の布団の端には
猫の親子も同居していた

ツクツクホウシ
ツクツクホウシ

魔法の呪文のように
遠い日の記憶を
瞬時に連れてくる

アスファルトの下に

アスファルトで塗られる前
ここは野原だった
タンポポ、ヒメジオン
スズメノエンドウ、シロツメクサ

ある日
ブルドーザーで整地され

熱くて黒い油の下に
たくさんの草花が閉じこめられた

アスファルトで塗られる前
ここは田んぼだった
青い稲が風に吹かれ歌っていた
オタマジャクシ、ドジョウ
メダカ、コウヤヒジリ
たくさんの生き物が
埋葬された

アスファルトで塗られる前

ここは山だった
アカマツ、モミジ
ネムノキ、センダン
そして
ウサギの
タヌキの
ミミズクの栖(すみか)だった

アスファルトで塗られる前
ここは年老いた夫婦の家があった
小さな牛小屋で
親子の牛を育てていた

アスファルトの下
アトランティス大陸のように

月とコスモスと三本杉

鳥の耳話

あの三本杉をごらんよ
あの樹たちの声に
耳を傾けてごらんよ
溢れる愛を
風にのせて
ひとりひとりの

幸せを願いながら
緑の雫（しずく）を迸（ほとばし）らせて
静かな歌を
歌っているよ

ぼくらは
もっと伸びていきたい
もっと
月と話したい
太陽と話したい
鳥たちの歌を聞いていたい
梅のつぼみの開く音

水仙の香り
コスモスのゆれる景色
皆といっしょに
見ていたい
けれども
もうじき
僕らは遠くへ行く
赤い紐が
僕らの腰に結ばれたから

嵐の夜も
強い日差しの夏の日も

太い腕の中に抱いてくれた
三本杉
それだけじゃ
いけなかったのかな
足りなかったのかな
居場所がなくなるよ

——連作（一）

ここに立っていた

チェーンソーの唸る音が
そこいらじゅうの空気をつんざく
刃が
三本杉の美しい一本の
幹にくいこむ

ううううう
おおおお

幹から血しぶきのように
木の粉を舞い上げながら
炸裂するモーター音
機械的なスピードで
容赦なく
木肌深く
刃が切り進む
うーうーうー
おーおーおー

木は地響きを立てて
数回跳ね

地面に倒れた

そこいらじゅうの地面が揺れた
そこいらじゅうの風が揺れた
住み処を奪われた鳥たちがさわいだ
そうして木は微動だにせず
遠くなった空を眺めていた

足もとに残った切り株から
長い日々を刻んできた
年輪が
強い香りを放った

ここに立っていた
と

――連作（二）

無力

心のお守りだった
幼いころから
樹樹の下で遊び
在るのがふつうの景色の中で
歳月を重ねてきた
背高の秀麗な三本杉の下で
どんなに
安堵感に包まれていたことか

秋の夜の満月が
三本杉にかかるとき
ゆらゆら
風にそよぐコスモスが
浮かび上がり
それは神秘的だった

樹木や鳥や小さな生き物より
樹木や鳥や小さな生き物の暮らす
林や森より
人の利優先だと
突きつけられた現実

ひとりよがりだと人は言うだろうか
守りたかった
守ろうとした

けれど
守ろうとした
ただそれだけのことだった

――連作（三）

翼よ

腹の底の深い溜まりが
ぞわぞわと滲み出て
胸の辺りが軽くなり
背中に違和感がある
首を捩ると
背中の骨のどこからか
小さな翼が生えていた

私は歓喜した

待ち望んでいたこの瞬間(とき)
ずいぶん待った
やっと
飛べる

だが分かっている
この小さな翼では
さほど遠くへは飛べないだろう
歓喜するほど

力強くもないだろう

それでもいい

私は飛び上がろうと
力を込め
地面を蹴った
すると
背中の翼は羽ばたき
ふわりと
宙に浮いた

気づくと
空と大地の間(はざま)にいた
畑と住み慣れた家の屋根が
真下に見える
そして
家を守るように囲む
一握りの屋敷森
この一塊で
私は命をいただいた
先祖たちの香の残る
縁(えにし)の土地で

ここから
西南の役
太平洋戦争へと
駆り出されていったという
数えきれぬ修羅場をくぐり
糸をつなぐように
ここで暮らし続けてきたという
戦火の爪痕
今なお人知れず抱く
屋敷森はすべてを見ていたであろう

けれど

周囲の環境は転変し
開発という名で
屋敷森が伐採されようとしている
今の時代に不釣合だというかのように

それでも
ここは故郷（ふるさと）
地球上の点にもならない一塊
だとしても──

空を見上げると
遥か遠くに

かすかな虹がかかっている

翼よ
力強く羽ばたけ
あの虹のかかるところへ
行きつくまで

あとがき

若い日から、日々の暮らしの中で遭遇するさまざまな場面での整理できない焦燥を、言葉に書きつけた。凌ぎ、先へ進むための言葉たちだった。

第一詩集『背中の骨』は、そのころの環境から先へ進みたいという一心から出した詩集。それから早くも十八年が経った。その間に、若いころには想像できなかった出来事が次々と起きた。それは人の世の避けては通れないこと、誰しも経験することであるのかもしれない。

しかし、日本が太平洋戦争に突入していった時代の人々や、驚愕に耐えないロシアのウクライナ進攻、そして、全世界を巻き込む近年のコロナ禍の社会環境に比べれば、取るに足らないことかもしれない。

けれど、どんなことがあろうとも、日々の小さな積み重ねからでしか、そこを渡っていくことはできないと知った。家庭を守り支えつつ、行く道に一筋の灯が必要なように、詩が希望へと繋いでくれた。詩は、明るい方を向くための魔法だった。

そして、私にとって軌跡が起きた。

二〇一八年、「第二十一回　みやざき文学賞」詩の部で「木机」が一席との連絡を頂いた。それまでのモノクロの世界がカラーに変わったくらいに驚いた。驚きと同時に、もっと詩を学ばなければと変わった。

雑草の一本を拾い上げてくださった「みやざき文学賞」に深く感謝しています。その詩の運営委員を努められた大重辰雄先生、吉飼清勇先生、審査講評を頂いた杉谷昭人先生、田中詮三先生。私のささやかな未来に新しい光をくださいました。

その感動を残したく、第二詩集を出すことにしました。

鉱脈社の小崎さんには、私の拙い詩の編集を担っていただき、有難うございました。
この詩集を手に取ってくださる方の心が、ほんのすこし、明るい方へ……。

二〇二三年　三月

[著者略歴]

谷口 順子（たにぐち じゅんこ）

1954年生まれ
宮崎県小林市在住

詩　集『背中の骨』（2004年　日本文学館）
選詩集『宮崎詩集』（2021年　鉱脈社）
随　筆「しゃりんばい第37号」（2015年　鉱脈社）
随　筆「しゃりんばい秀作集」（2021年　鉱脈社）

みやざき文学賞　詩の部一席（2018）
みやざき文学賞　詩の部二席（2021）

詩集　木机

二〇二三年三月　一　日　初版印刷
二〇二三年三月三十一日　初版発行

著　者　谷口順子©
発行者　川口敦己
発行所　鉱脈社
〒八八〇－八五五一
宮崎市田代町二六三番地
電話　〇九八五－二五－一七五八
郵便振替　〇二〇七〇－七－二三六七

印　刷　有限会社　鉱　脈　社
製　本　日宝綜合製本株式会社